AF577420

Für Karin Sch.

*Der Umwelt zuliebe ist dieses Buch
auf chlorfrei gebleichtem Papier gedruckt.*

ISBN 978-3-7855-6758-6 – 1. Auflage 2009

Umschlagillustration: Betina Gotzen-Beek
Umschlaggestaltung: Claudia Lorenz
Printed in Italy (017)

www.loewe-verlag.de

Jana Frey

Langsam, langsam, Emma Ungeduld!

Mit Illustrationen von Betina Gotzen-Beek

Loewe

„Stell dir vor, Egon, nur noch einmal schlafen, dann ist es so weit!", ruft Emma, die kleine Elfe, am Morgen fröhlich und macht vor Aufregung drei wirbelige Purzelbäume durch die Frühlingsluft.
„Was ist dann so weit?", fragt Egon verwirrt und landet etwas wackelig auf einem Ast der Silberpappel.
Egon ist Emmas bester Freund, schon solange sie zurückdenken kann. Aber manchmal ist er einfach ein bisschen schusslig und dusslig, findet Emma. Denn wie könnte er sonst vergessen haben, dass morgen Emmas Geburtstag ist?

„Geburtstag ist der allerbeste Tag im ganzen Jahr!“, ruft Emma mit glitzernden Augen und landet ebenfalls in der Silberpappel. „Ich bekomme bestimmt viele schöne Geschenke. Und bunte Blumen. Und eine Geburtstagsglückskerze. Und einen eigenen Geburtstagskuchen, stell dir mal vor!“

Emma seufzt und wackelt ungeduldig mit den Beinen. „Und dann kommt auch noch meine Lieblingstante aus Amerika zu Besuch. Extra für mich! – Ach, wenn es doch schon so weit wäre! Ich will nicht mehr länger warten. Warten ist einfach scheußlich!“

„Ich finde Warten gar nicht so schlimm“, sagt Egon. „Wir könnten die Libellen fragen, ob sie mit uns spielen.“ Und gleich darauf flattert er ganz gemütlich los.

„Du lieber Himmel“, murmelt Emma. „So langsam, wie du fliegst, Egon, brauchen wir ja ewig, bis wir bei den Libellen sind!“

Und blitzschnell ist sie an ihm vorbeigesaust. „Beeilung, Beeilung, Egon!“, ruft sie aufgeregt.

„Mama, wann ist denn endlich, endlich, endlich mein Geburtstag?", fragt Emma nach ihrem Besuch bei den Libellen wieder und wieder. „Oh, ein bisschen musst du noch warten", sagt Mama und deutet auf die Uhr an der Wand. „Da, sieh mal, es ist noch Vormittag. Nach dem Vormittag kommt der Mittag, dann der Nachmittag, anschließend der Abend und die Nacht – und dann, meine kleine Emma Ungeduld, dann hast du endlich Geburtstag …"

„Ich glaube, ich kann aber nicht mehr warten!“, ruft Emma und springt zappelig wie ein Frosch im Kreis herum. „Warten ist schrecklich und abscheulich und ganz und gar fürchterlich.“
Da schlägt Mama ihr vor, zusammen mit Egon zu den Bienen zu fliegen. „Ihr könnt dort ein Gläschen Honig für deinen Geburtstagskuchen kaufen“, erklärt sie. „Wenn man etwas Sinnvolles tut, vergeht die Zeit im Nu.“
„Puh“, seufzt Emma ungläubig, aber dann macht sie sich doch zusammen mit Egon auf den Weg.

„Nun flieg doch mal ein bisschen schneller!“, ruft sie ihrem besten Freund ungeduldig zu, kaum dass sie losgeschwebt sind.
„Ich komme ja schon“, antwortet Egon atemlos und beeilt sich, so gut er kann. Aber das langsame *Flapflap* seiner Flügel macht Emma heute ganz verrückt.
„Warten ist so schlimm. Es macht mich von Kopf bis Fuß kribbelig und zappelig!“, ruft sie und flattert in aufgeregten Hüpfern um ihren besten Freund herum. „Glaubst du, Egon, es könnte sein, dass die Zeit plötzlich stehen geblieben ist und wir es nur nicht gemerkt haben?“
Aber das glaubt Egon nun wirklich nicht.

Und dann sind sie bei den Bienenstöcken. Hier herrscht, wie immer, ein lautes Summen und Brummen und Emma sieht sofort, dass sie heute leider nicht die Einzigen sind, die zum Honigkaufen hierhergekommen sind.
„Was? Schon wieder warten?“, ruft Emma, reißt die Augen weit auf und landet mit einem empörten Plumps im Gras.

Zum Glück entdeckt Egon mitten in der langen Schlange der Wartenden Pippa und Schuschu, zwei Elfenkinder von der Nachbarlichtung.

„Immer nur Warten und Warten und Warten“, stöhnt Emma. „Das dauert mir heute alles viel zu lange …“

Aber da hat Egon plötzlich eine gute Idee.

„Los, wir spielen Verrückte-Sachen-Zählen!", schlägt er vor. „Oh ja!", ruft Emma begeistert. Und dann zählen sie zusammen mit Pippa und Schuschu Elfen mit roten Schuhen. Und Elfenkinder mit Blümchensandalen. Und Bienen mit kleinen Honigeimern. Und Schmetterlinge mit geringelten Fühlern. Wie viele davon werden sie wohl entdecken?
So vergeht die Zeit blitzschnell. Und als Emma und Egon eine Weile später nach Hause flattern, ist es schon fast Mittag.

„Mama, dauert es jetzt noch lange, bis ich endlich Geburtstag habe?“, fragt Emma beim Mittagessen.
„Eine Weile musst du immer noch warten“, sagt Mama wieder und deutet zum zweiten Mal auf die Uhr.
„Puh“, seufzt Emma und stützt ihr Kinn in die Hände.
Am Nachmittag sitzt sie zusammen mit Egon am Rosenblättersee. Ungeduldig wirft sie kleine Steinchen ins glitzerige Wasser. „Wie lange dauert denn das noch?“, murmelt sie immer wieder. Und ein paarmal jammert sie: „Egon, ich glaube, die Zeit ist doch stehen geblieben.“
Madame Elvira, die älteste Elfe der Lichtung, ist gerade dabei, ganz in der Nähe die verstaubten Seerosenblätter abzuschrubben. Weil sie schon sehr alt ist, geht die Arbeit nur sehr langsam voran.
„Wir könnten ihr helfen“, schlägt Egon vor, als ihm Emmas Gemurmel und Gejammer schließlich zu viel wird.
„Hm, meinst du?“, brummt Emma.

Madame Elvira ist hocherfreut über diesen guten Einfall und lehnt sich in ihrem alten schnörkeligen Schaukelstuhl zurück. Und dann findet Emma es auch lustig, mit Putzbürsten an den Füßen über die Rosenblätter zu schlittern und dabei große Staubwolken aufzuwirbeln.

„Emma, pass doch auf!", hustet Egon und fällt dabei fast von seinem Blatt.

Eine ganze Weile später sind alle Seerosen blitzblank geputzt.
„Sieh mal, der Mond ist schon da!", ruft Egon und zeigt zum Himmel, der tatsächlich richtig abenddämmrig ist.
„Huch, das ging aber schnell", staunt Emma zufrieden.
Bevor sie nach Hause fliegen, schenkt Madame Elvira jedem noch ein Beutelchen mit kleinen Glitzersteinen zum Dank für ihre Hilfe.

Und dann ist es wirklich Abend.
„Jetzt dauert es gar nicht mehr lange, bis dein Geburtstag da ist", sagt Egon.
Aber so ein Abend kann eben doch *sehr* lange sein. Zum Glück darf Egon heute bei Emma übernachten. Zusammen pflücken sie Gänseblümchen für das Gänseblümchenomelett, das Emmas Papa heute Abend backen will.
„Schnell, schnell, schnell!", drängelt Emma und zischt mit wehenden Flügeln über die Wiese. Aber in ihrer Eile übersieht sie das große, funkelnagelneue Spinnennetz, das die Spinnen der Lichtung am Nachmittag dort gesponnen haben.

„Hilfe, Egon!“, ruft Emma erschrocken, als sie sich in den klebrigen Spinnennetzfäden verheddert.
Egon kichert leise. „Was machst du denn auch immer?“, fragt er streng, während er Emma hilft, sich aus dem Durcheinander zu befreien.
Später singen sie Emmas kleiner Elfenschwester Florentina eine Menge Schlaflieder vor. Und dann futtern sie jeder einen großen Teller leckeres Gänseblümchenomelett.

„Und was machen wir jetzt?“, fragt Emma anschließend.
„Jetzt weiß ich auch nichts mehr“, antwortet Egon ratlos.
„Warum dauert es bloß so schrecklich lange, bis endlich mein Geburtstag da ist?“, überlegt Emma.
„Keine Ahnung“, seufzt Egon.
„Blöde Sachen kommen immer ganz schnell“, sagt Emma. „Da saust die Zeit wie verrückt. Aber schöne Sachen lassen sich viel, viel, viel mehr Zeit.“

Nachdenklich kuschelt sie sich in ihre Sternenbettdecke.
„Bestimmt kann ich heute Nacht kein bisschen schlafen vor Aufregung“, jammert sie. „Meine Fußzehen sind ganz kalt. Und meine Beine sind ganz kribbelig. Und meine Arme sind zappelig. Und meine Decke ist irgendwie klumpig.“
Emma seufzt noch ein paarmal. Und dann ist sie auf einmal fest eingeschlafen …

Als Emma am anderen Morgen aufwacht, weiß sie zuerst gar nicht, was für ein Tag ist. Aber dann hört sie leises Flüstern und noch leisere Schritte vor ihrer Schlafblüte – und da fällt es ihr zum Glück wieder ein: Heute hat sie Geburtstag. Endlich! Endlich! Endlich! Jetzt muss sie nicht mehr warten.
Oder wenigstens nicht mehr lange.
„Egon?“, flüstert Emma leise und ihr Herz klopft wie verrückt.
„Ja?“, flüstert Egon zurück. Auf einmal klingt seine Stimme auch ein bisschen aufgeregt. Und ungeduldig.
„Gleich geht es los“, wispert Emma. Sie hat die Augen fest zugekniffen. Und mit angehaltenem Atem hört sie auf das leise Getrappel und Geflatter neben ihrem Bett.

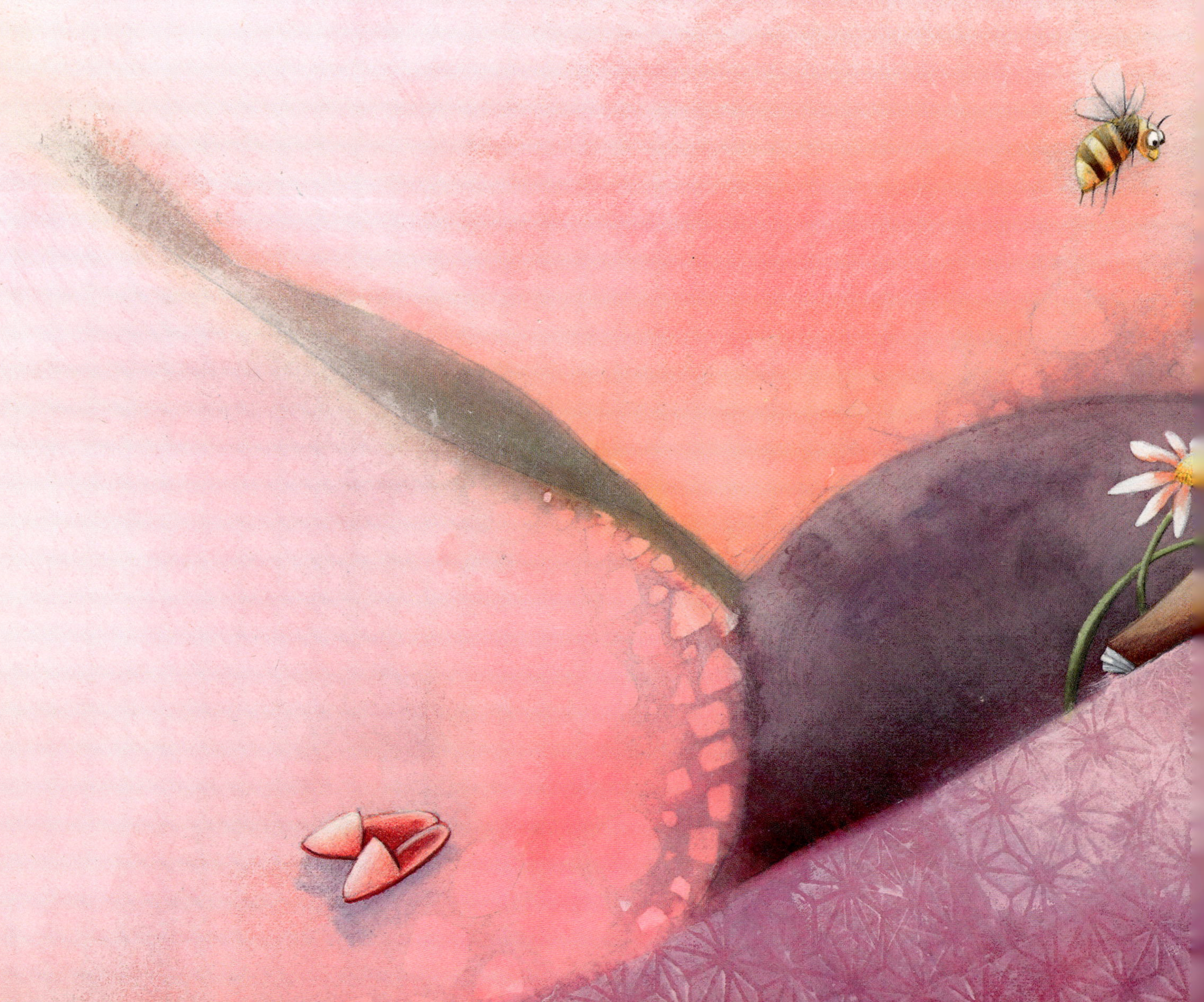

Ganz vorsichtig blinzelt Emma unter ihrer Bettdecke hervor. Jetzt *kann* sie einfach nicht mehr warten. Und jetzt muss sie zum Glück auch nicht mehr warten. Denn jetzt sind alle da: ihre Mama, ihr Papa, ihre kleine Schwester Florentina, ihre Oma – und sogar ihre lustige Tante aus Amerika.

Und alle singen für sie. Und Emma bekommt einen Strauß rosa Geburtstagsblumen. Und eine leuchtende Geburtstagsglückskerze. Und einen eigenen Elfenkuchen. Und eine Menge Geschenke.
„Herzlichen Glückwunsch zum Geburtstag!“, rufen alle.
Und Egon ruft am lautesten von allen.
Und was macht Emma?
Emma ist sehr glücklich.

Jana Frey, geboren im April 1969 in Düsseldorf, fing schon als Fünfjährige mit dem Schreiben an. Unzählige dieser sehr frühen Werke hat sie sich aufgehoben. Und seit damals hat sie geschrieben und geschrieben und geschrieben.
Sie schrieb zu Hause in Deutschland, aber auch in Amerika und Neuseeland, auf der anderen Seite der Weltkugel. Zwischendurch hat sie Literatur studiert und eine Familie gegründet. Sie veröffentlicht Kinder- und Jugendbücher und arbeitet auch fürs Fernsehen.

Betina Gotzen-Beek, geboren 1965 in Mönchengladbach, schlug beim Malen im Kindergarten alle Rekorde, später zu Hause musste die Kinderzimmertapete dran glauben. Nach vielen Reisen durch Europa studierte sie Malerei und Grafikdesign. Seit 1996 illustriert sie Kinderbücher und lebt mit Katz und Kater in Freiburg.

Jana Frey

Kann ich schon!

Die kleine Elfe ist schon groß

„Ich kann prima Purzelbäume fliegen und rosa Pudding herbeizaubern und höher als die Schmetterlinge schweben!“ Die kleine Elfe Emma ist eine richtige Alleskönnerin und schon ganz schön groß. Eigentlich viel zu groß, findet sie, um mit Egon zu spielen. Ihr bester Freund ist nämlich im Gegensatz zu ihr noch ein richtiges Elfenbaby und kann nicht mal besonders gut fliegen. Doch plötzlich ist Emmas kleine Schwester Florentina in Gefahr und Emma ist sich gar nicht mehr so sicher, ob sie tatsächlich schon alles kann. Was würde sie da bloß ohne Egon machen?